LES BÊTES BLANCHES

ROBERT ALEXIS
JEAN-MARC ROCHETTE

LES BÊTES BLANCHES

Les Étages Éditions

Dans le bleu fixe du matin
– sa fraîcheur de faîte découpé,
L'organdi du glacier
Comme un voile,
De l'épaule écorchée
Dedans la roche noire
Glisse des voix.
– Fente teintée d'ongle de sang.

Sans mot pour te dire, réel,
Que ces couleurs grasses,
Racines que ma main prend et pose
Sur le sol, sous le vent.
Qu'un brouillon noir de chevelure,
Vert pétrole des prés,
Tout cela des cavernes où
Mes yeux grand ouverts sont mordus.

L’eau prend la teinte nue des profondeurs,
Elle puise aux roches qui l’allaitent
Une couleur qui fond
Comme neige pareille.
Là sont les flancs levés
De monts lourds d’espaces,
De murs blancs tels
Ceux qui plongent dans le Léthé.

Ni la roche ni l'eau ne s'apaisent,
L'un de l'autre épuisés
De combats
Sous l'œil bleu d'été.
À leur frontière
Les névés
Hésitent encore en leur état
Comme la Vetta de Saccaggi.

Sur l’ardoise
Tombée des parois
Sont des géométries
De planètes arrachées
Signes que main
Comprend mieux que la tête
Langage qui conduit aux
Fêtes muettes du toucher

Ruines roses d'espace,
Les jours
Continuent sur vos chairs
Les brûlures pionnières
Des mondes commencés.
Pris de lumière que le cristal enchaîne
Des paliers hauts pleuvent des pierres
Et des Congos de porcelaine.

La peinture verte bouillonne au pied des fleurs,
Bulle, gonfle, se répand, déborde,
Couvre le récipient
D'un temps de bois creusé.
Ainsi d'autres matières sur l'objet épousé,
L'eau coule, défigure le sable,
La suie tenace sur le linteau,
Miroir aux points de moisissure.

Dans le soir qui bouge
Les lampes rouges allument
Une ivre claudication.
Comme un corps qu'on soulève
Il tourne, prend passion,
S'éprend de lignes folles
Ainsi qu'en toute adoration
– Verrou brûlant d'avant l'étoile.

La nuit des montagnes commence,
Sur sa vitre mobile frotte un tissu
Qui révèle sans mots.
Aux rives, les buissons posés
Font un dernier appui
Avant le lac ensorcelé,
Le lac loin aux deux abymes
Dont les yeux noirs coulent aux cimes.

L’eau court entre la neige,
Elle a de son faisceau
Éclairé la berge compliquée de lenteurs,
Gommé les amas de cailloux,
Les rives de bois flotté.
Elle va, torrent, accélérer son cours
Aux coupures de terrain, belle !
Et fuir encor sans qu’on comprenne.

Rumeur de riens
Sur le carreau
Filant de pluie,
Une pointe de suie
Défaite d'eau.
De ces matières blotties,
Cachées
Au fond du tiroir entrouvert.

En peu de mots, de teintes,
Les états composés
Du visible.
L'équilibre
Qu'un seul regard dispose,
Et parfois,
Fantasque trébuchet,
L'idée d'un puzzle complet.

Sous la pluie fine
Luit l'avalanche figée
De bâtiments ruinés :
Un immobile éboulement.
La main ridée que le temps lèche,
Forgée, métaux éteints,
Serre un dedans de bave sèche,
Laves d'un sourd équipement.

Tissu gris
– soie qu'on traîne,
Que le gravier déchire –
Tes ajours brodés
Grouillent de roches liquides,
De laves qui roulent
Sous un rideau
Solide à force de jaillir.

Les pas de vent,
De sol, soufflent l'herbe
Et la froissent.
Carré fécond
De fleurs, de brins
– Là, son reflet
Dans la pente pliée des collines,
L'odeur nourrissante des airs.

De ton sol naissent
Des lumières de sang,
Et la touche
Luisante des griffes.
Le corps traîné
Épanche sa blessure.
Là-bas, près de l'orée, la mort
D'une bête aux yeux étonnés.

Vois la Terre
Mêlée aux nuages rapides,
Sa chevelure offerte,
Verte,
Touchée de brosses bleues.
Enfant joyeux,
Je suis comme elle couché là-haut
Dans l'herbe tiède sous le vent.

Le ciel
Entre les arbres
Et leurs feuilles qui tournent
Jusqu'au lac limpide
Éponge ses tranchées.
Octobre tient
De ses doigts rouges
La fièvre d'aube de la vie.

Tant d'êtres de glace
Pris au souci du temps,
De rides, surface de mon front aussi.
Je jette nuit,
M'y complais,
Pur comme ébène profond,
Comme une aube de fond.
Commencent alors les raccourcis.

C'est ici que Walser marchait,
Ici que tout commence,
Broche d'un manteau d'astrakan,
Un manteau entrouvert, jambes nues.
Rien d'autre que le détail entier,
Kermesse, gibet de neige, simple ligne fermée,
Comme la paupière éternelle,
Rêves de mondes au secret.

Dans la joue
Sinueuse des cailloux
La levée des sommets,
Surrections,
Vercors, canyons.
Puis des matières comme au jardin, allées
Et pierres des chemins
– Matières, patères de couloirs.

Levain du soir :
Dans un creux de plissure
Le ciel emplit de coulures
Son absence ordinaire.
Encres camardes,
Huiles anthracites
Qu'un buvard pique en nuits multiples,
– Terrible en-face du dehors.

L'air, coiffé d'eau ou de feuilles,
Bruit de soie
Sous un gant caressant
Et paréidolique.
Entre deux mécaniques
Apparaît en bleu ciel
Un œil sans paupières, le rien
Vertigineux des verres frottés.

Boule épaisse de vie,
Végétale entreprise
Prise dans les souffles de cimes,
Et le beau ciel bleu, au fond, partout !
Chemins faits de terre, de boue,
Où frissonnent les trembles
Balancés dans le vent. Je regarde,
Ma main posée sur la barrière.

Jésus pour tous essuie le sang,
Tous, hommes et bêtes, bons et méchants,
Pour lui aussi
Car rien n'est important qu'aimer.
Jésus pour nous essuie le sang,
Sa tête de couteau, de loup,
Son corps de neige et de grands océans,
Là où sans mots navigue Tout.

Lumières du jour qui rentre dans la nuit,
Comme on s'endort sans lutter,
Glissent des mondes sur des mondes
Et va tendre épousée
Sa traîne sur le sol sans s'y poser.
Va, entre, dans des silences de tissus,
Geste de vie vers son avant,
Un geste doux, d'autres suivants.

Dans le panier qui dort
Sous le sable rose,
Au pied de la caverne,
Sur le cahier d'enfant.
Où le mur est griffé,
La montée d'escaliers,
Le quai, le cuir,
Partout le trait court et désire.

Entre les pierres du muret
Coiffées de ruines rudérales,
Dans sa fente de poudre
– Vents et pluies à l'entrée,
Dans sa bouche
À l'ombre terrible de noir,
Est le silence
Insupportable des matières.

C’est l’aperçu fragile,
Lumière de store, d’instant,
Petite chose ensemble
Au ciel ou sur le sable,
Qu’un autre rien annihile :
C’est à peine un présent.
C’est un nuage et les
Degrés enfouis d’un escalier.

Ô nuits, mes nuits sur l'oreiller
Muet de laîches et de pensées,
Mon corps étendu près de l'eau
– tout à l'heure, j'irai nager –
Mes mains tendues
Comme deux avions qui jouent
Entre les étoiles,
Ô ces nuits noires et fantastiques !

Dans la glace la paille celée
Et griffures de surface,
Flaques gelées,
Promenades d'hiver, claires
Rencontres
De cailloux prisonniers.
Dans le froid du matin
Le lac épelle ses fissures.

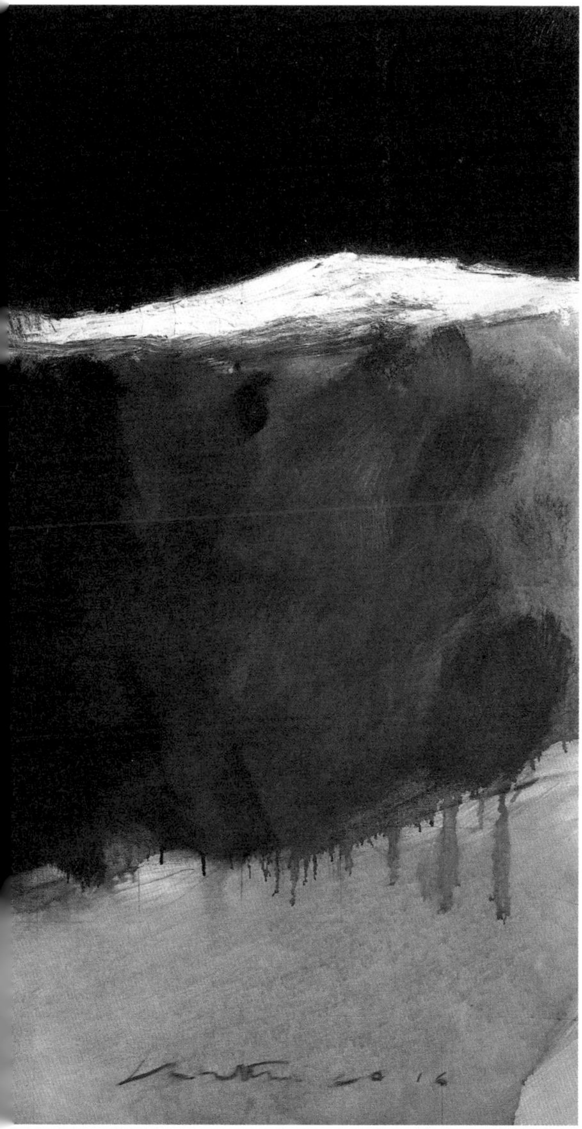

Le parement
Des robes et buissons d'univers
S'étend, nuit de roches,
Sous une tête de glace.
Là-haut sont des enfants
Qui jouent depuis des siècles
Avec des bêtes blanches,
Et tous ils parlent étrangement.

Sous le goudron des ramures
– Et le ciel haut de l’orage qui s’en va,
J’ai vu l’aube de lune
Étoiler la montagne
Et mes mains.
Nuit belle de miroir de meuble,
Un pré nu de lumière ou, sur la place, une
Fontaine éclairée dans la nuit.

Crème d'argile
Sur les souches, l'ardoise,
La terre brassée par l'orage
Fait une ocre labile
Mêlée de tiges et de racines.
Ainsi d'un paysage
Où les fleurs sèchent aux
Torrents des chemins limoneux.

Sang, sable,
Dans l'arène trébuche et geint
Le grand corps rouge de l'agonie,
Et tous ces gens autour !
Qui crient, cruels et artistes, et demandent en retour
De leur vie la vie offerte aux flaques sans herbe
D'un monstre aux épaules dorées.
En échange de tant d'alertes.

Bouillon terrible des angoisses
Aux heures de nuit fenêtres ouvertes
Même sans respirer.
Son au-delà paisible
Après qu'on a des voix anéanties
Réussi le comptage.
Et va, libéré du chaos,
Près d'une orée muette et douce.

Peindre le vent d'eau,
Peindre le fantôme allant
Affoler les nuages,
Toucher des rideaux murmurants,
Détacher l'affiche et la faire s'envoler,
Accumuler des bruits de vallées,
Qui grondent aussi profondément
En soi qu'entre les éléments.

De flotter d'eau
La plante est devenue,
Folle dans le courant.
Le torrent est cailloux,
Et son bruit des vallées.
On va ensemble averses,
Névés, forêts,
Moi aussi indifférencié.

Dans le pré caressé
De nuages qui descendent,
Les herbes s'habillent de fils d'araignée,
Coton de peupliers.
Ailleurs, le ciel coupant
Dans la flaque gelée
Se mêle aux lignes vertes :
Chambre d'eau pure et de racines.

Pas d'horizon sans terre dure,
De hauteur sans la main large des matières.
On aimerait marcher, gagner les profondeurs,
Mais la pesée du monde oppose les plateaux,
On est grand à force de ramper,
On se traîne à force d'admirer,
Dans l'incapacité de dire, de fuir
Dedans nos cellules de cire.

2 0 1 0

Je ne sais rien du torrent qui fuyait tout en bas
Ni de son paysage.
J'ai baigné mes pieds aux ruisseaux de passage,
Eau froide et bleue, qui monte au cerveau.
J'ai vu les forêts,
Les falaises. Au soleil,
En nuit noire,
Je vais dans le monde sans savoir.

2009

Monde trempé,
Coulants amas
– Odorantes salives –
Sommés de tiges invisibles.
Monde mouillé
Qu'on peut saisir en l'embrassant,
En se couchant dessus…
Tiède et visqueux baiser des choses.

Entends les sons de feu
Qui s'enfoncent
Au-dedans des terres dressées en eau.
Coupure nette du ciel et du sol,
L'aiguillon bleu au sommet de la colline.
D'en bas, je sens l'onde toucher
Mes mains après la traversée
De draps tendus et foudroyés.

Panneau de bois bleu = ciel,
Bleu III de Mirò, la courbe f(x)= ?
Ligne sans nom.
Ainsi sous les yeux
L'état d'une fascination.
Du réel impossible à celui fabriqué :
Points, stries, variations chromatiques,
Captures de transpositions.

Je marche près de l'eau
Longtemps après.
De la terre lointaine
Montent des vapeurs
Qui embuent les chemins et les prés.
Je ne sais
Ni où je vais, ni où je suis,
Je marche près de l'eau.

Je veux un guide, ou plutôt j'aimerais,
Dans les buissons aller mon ombre sans la déchirer.
Les ronces la font saigner,
Le gué que je traverse est trop profond,
Trop de nuits pèsent sur moi,
Les jours, vainement, s'accumulent.
Je veux un guide, ou plutôt j'aimerais,
Suivre enfin une route claire.

Douce nuit surprend à ma fenêtre
Des visages oubliés, chemises de lin
Ou de flanelle sur des corps pliés.
Douce nuit, douce, dont l'étoile chemine
Sur l'étang fait d'odeurs fines.
Ainsi je vais, le front sur le verre du temps,
Tout rafraîchi d'années reprises
Aux ogres et leurs palais fanés.

Matin de vitre sèche
Et d'appentis serré
Sous ses lames, ses bottes,
Une étagère de cordes.
Matin de mars
Crayonne à la lucarne
Une peau de lumière, et au sol
La paille rose des tanières.

Adrets, vos matins faits
De silence rose
M'ont sculpté d'air
Et de coups.
Mes tempes ouvertes brûlent,
Les cailloux roulent sous mes pas,
Sur la vitrine des parois
Je vois un loup qui marche, moi.

J'ai vu dans le détail, la fente, l'interstice
Mieux que dans l'écran qui baille
Ses panoramiques envergures
Les figures viennent dans le microscopique
Reflet des bulles de pluie.
Je sais sans les connaître des terres prises
De sang, de sons, éteules de vies
Fanées, finies, puis à renaître.

Glaise comme sueur au front,
Toutes ces pâtes que mes mains travaillent,
Que mes yeux broient
Au chantier
Infiniment recommencé
Des marches sous la pluie,
Des sentiers
Sculptés vivement sous mes pas.

L'orage approche,
Plein de visages,
Signatures de gomme, d'huile, de flaque
Dont l'encre coule
Sur l'alpe de vent tantôt bercée.
– un gant noir.
Les cieux ont les yeux maquillés des
Bourreaux qui montent sur l'estrade.

C’est de passion que brillent,
Brûlent mes couleurs de fer,
De terre saccagée,
D’averses grises.
Les hauteurs, les chaleurs
Ont déchiré ma main
À perdre les couleurs ici,
À les saisir près de l’Ailleurs.

Du pastel de ventre
L'enfant naît et se chauffe de vie,
Et grandit, les yeux encore éteints
De chair, de sommeil infinis.
Après, le temps croisé
Réclame son retour,
Dans plus ou moins longtemps,
Du temps les mystérieux séjours.

Page 7.
Le Couloir,
huile sur toile,
2010.
190 x 130 cm.

Page 8 et détail page 10.
Vincennes,
huile sur toile,
2007.
160 x 190 cm.

Page 12.
Lac glaciaire,
huile sur toile,
2012.
160 x 220 cm.

Page 16 et détail page 14.
Lac glaciaire,
huile sur toile,
2012.
160 x 220 cm.

Page 19.
La Pilatte,
huile sur toile,
2010.
160 x 230 cm.

Page 21.
Écorché,
huile sur toile,
2010.
130 x 190 cm.

Page 24 et détail page 22.
Le Mystère de la rivière,
triptyque,
huile sur toile,
2011.
180 x 210 cm.

Page 26.
Écorché,
huile sur toile,
2010.
140 x 180 cm.

Page 28.
Massif des Écrins,
triptyque,
huile sur toile,
2012.
130 x 190 cm.

Page 32 et détail page 30.
La Pilatte,
huile sur toile,
2010.
130 x 190 cm.

Page 35.
Bonnepierre,
huile sur toile,
2007.
150 x 180 cm.

Page 37 et détail page 38.
La Pilatte,
huile sur toile,
2010.
130 x 190 cm.

Page 40.
Ailefroide,
huile sur toile,
2010.
130 x 190 cm.

Page 42.
Le Coup de sabre,
huile sur toile,
2010.
130 x 190 cm.

Page 45.
Le Châtaignier,
huile sur toile,
2011.
160 x 190 cm.

Page 46.
La Trace,
huile sur toile,
2016.
150 x 90 cm.

Page 50 et détail page 48.
Le Mystère de la rivière,
triptyque,
huile sur toile,
2011.
180 x 200 cm.

Page 54 et détail page 52.
Automne à Tegeler See,
huile sur toile,
2013.
160 x 230 cm.

Page 56.
Le Mystère de la rivière,
triptyque,
huile sur toile,
2011.
180 x 210 cm.

Page 61 et détail page 58.
Massif des Écrins,
triptyque,
huile sur toile,
2012.
130 x 190 cm.

Page 62.
Vercors,
huile sur toile,
2009.
120 x 160 cm.

Page 67 et détail page 64.
Vincennes,
huile sur toile,
2007.
130 x 170 cm.

Page 70 et détail page 68.
Automne à Berlin,
huile sur toile,
2013.
120 x 180 cm.

Page 72 et détail page 74.
Automne à Berlin,
huile sur toile,
2013.
120 x 180 cm.

Page 76.
Souffrance,
triptyque,
huile sur toile,
2009.
130 x 160 cm.

Page 78.
Souffrance,
triptyque,
huile sur toile,
2009.
130 x 160 cm.

Page 80.
Eros,
huile sur toile,
2009.
130 x 170 cm.

Page 82.
Olivier,
huile sur toile,
2007.
120 x 160 cm.

Page 86 et détail page 84.
Aube,
huile sur toile,
2007.
140 x 150 cm.

Page 90 et détail page 88.
Nuit noire,
huile sur toile,
2007.
130 x 130 cm.

Page 93.
Griffures,
huile sur toile,
2007.
140 x 120 cm.

Page 96 et détail page 94.
Antarctique,
huile sur toile,
2016.
150 x 90 cm.

Page 98.
L'Orage,
huile sur toile,
2007.
140 x 180 cm.

Page 100 et détail page 102.
Argile,
huile sur toile,
2007.
130 x 190 cm.

Page 105.
L'Arène,
huile sur toile,
2007.
190 x 120 cm.

Page 106.
L'Angoisse,
huile sur toile,
2007.
160 x 200 cm.

Page 110 et détail page 108.
Vent d'eau,
huile sur toile,
2007.
160 x 190 cm.

Page 112.
Le Torrent,
huile sur toile,
2007.
180 x 180 cm.

Page 114 et détail page 116.
Possibilités du sol,
huile sur toile,
2009.
180 x 250 cm.

Page 119.
Le Plateau,
huile sur toile,
2009.
180 x 250 cm.

Page 120.
Le Lac,
huile sur toile,
2010.
190 x 250 cm.

Page 124 et détail page 122.
La Grande Concluse,
huile sur toile,
2009.
190 x 250 cm.

Page 126 et détail page 128.
L'Incendie,
huile sur toile,
2011.
180 x 250 cm.

Page 130.
Massif des Écrins,
triptyque,
huile sur toile,
2012.
170 x 230 cm.

Page 132.
Lac glaciaire,
huile sur toile,
2012.
180 x 220 cm.

Page 134 et détail page 136.
Lac glaciaire,
huile sur toile,
2012.
160 x 220 cm.

Page 138.
Lac glaciaire,
huile sur toile,
2012.
160 x 220 cm.

Page 140.
Écorché,
huile sur toile,
2009.
60 x 90 cm.

Page 143.
Écorché,
huile sur toile,
2009.
60 x 90 cm.

Page 144.
La Vallée,
huile sur toile,
2008.
19 x 26 cm.

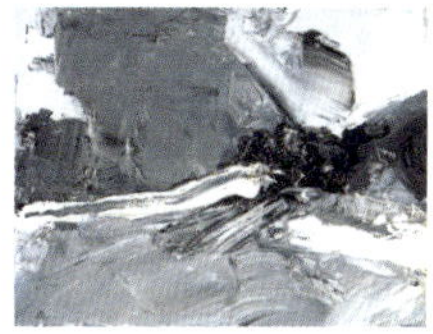

Page 146.
La Vallée,
huile sur toile,
2008.
19 x 26 cm.

Page 150 et détail page 148.
Paysage de L'Uzège,
huile sur papier,
2008.
18,5 x 25 cm.

Page 152.
La Vallée,
huile sur toile,
2008.
19 x 26 cm.

Page 155.
Enfant, Transperceneige,
encre de Chine
et gouache sur papier,
2013.
18,5 x 25 cm.

On ne parle pas d'un tableau, on parle de ce qu'il y a autour.
Le poète ne parle pas de ce qu'il voit, il enveloppe dans sa toile ce que la vision directe suggère.
Cet exercice ne réclame aucun effort particulier, aucun travail. Il exige bien plus : une clairvoyance, un éclairage soudain des bordures et des interstices.
Le chasseur vise une cible, le poète est visé par l'objet.
C'est d'autant plus vrai lorsque l'œuvre est forte comme l'est celle de Jean-Marc Rochette. Le peintre n'a pas représenté la nature, mille détails du motif l'ont traqué, détails et variations, tremblements du réel qui, unis sur la toile, ont traduit une essence.
Et dans ce nouveau paysage où s'élèvent des choses inouïes, dans ce drap troué qui fait passer la lumière, le poète peut espérer enfin trouver du sens à sa parole.

Robert Alexis

Du même auteur

Éditions José Corti
La Robe
La Véranda
Flowerbone
Les Figures
U-Boot
Nora
Mammon
Les Contes d'Orsanne

Éditions Le Tripode
L'homme qui s'aime
Le Majestic

Phb Éditions
L'Eau-forte
Écriture en écho
Huitains, 2

Éditions Quidam
Le Renvers

Conception graphique : *Studio Fouinzanardi*
Corrections : *Gilles Chauvin*
Photogravure : *Les artisans du regard*

ISBN : 978-2-9577129-6-0

Achevé d'imprimer en octobre 2024
par Média Graphic sur papier Sirio Color Jasmine 290 g
et Munken Lynx Rough 120 g.
Le groupe Média Graphic est une société Coopérative
et Participative certifiée Imprim'Vert.